Rani en la Laguna de las Sirenas

Título original: *Rani and the Mermaid Lagoon*
Texto de Lisa Papademetriou
Ilustraciones de The Disney Storybook Artists
Copyright ©2006 Disney Enterprises, Inc.
Todos los derechos reservados.

Edición: Carolina Venegas Klein
Diseño y diagramación:
Patricia Martínez Linares y Nohora Betancourt Vargas.

Versión en español por Editorial Norma S.A.
A.A. 53550, Bogotá, Colombia.

Todos los derechos reservados para
Latinoamérica y los territorios de habla hispana de E.U.

Impreso en México
Por Impresores en Offset y Serigrafía S. C. de R. L. de C. V.
Febrero 2007
ISBN COLOMBIA 978-958-04-9793-6

ISBN MÉXICO 970-09-1567-0

Rani en la Laguna de las Sirenas

ESCRITO POR
LISA PAPADEMETRIOU
ILUSTRACIONES DE
THE DISNEY STORYBOOK ARTISTS

TRADUCCIÓN DE
JUAN MANUEL POMBO

Todo sobre las Hadas

Sɪ ᴛᴇ ᴅɪʀɪɢᴇs ʜᴀᴄɪᴀ ʟᴀ sᴇɢᴜɴᴅᴀ estrella a tu derecha y sigues volando en línea recta hasta el amanecer, llegarás al País de Nunca Jamás, una isla mágica en donde las sirenas no dejan de jugar y los niños nunca crecen.

Al llegar, es probable que alcances a escuchar algo parecido al tintineo de pequeñas campanas. Síguele el rastro a ese tintín y pronto te encontrarás en la Hondonada de las Hadas, el corazón secreto del País de Nunca Jamás.

Allí, en la Hondonada de las Hadas, se alza un viejo y enorme arce dentro del cual viven cientos de hadas y hombres gorrión. Algunos de ellos pueden hacer magia con el agua, otros pueden volar como el viento, y aún otros más hablar con los animales. Como ves, la Hondonada de las Hadas es el reino de las Hadas de Nunca Jamás y cada una de las hadas que allí vive tiene un talento especial, extraordinario.

No muy lejos de la Casa del Árbol, acurrucada en su nido entre las ramas de El Espino, permanece Madre Paloma, la más mágica de todas las criaturas. Desde allí, sentada sobre su huevo, cuida de las hadas que a su vez cuidan de ella. Siempre y cuando el Huevo de Madre Paloma se encuentre entero y en buen estado, nadie envejecerá en el País de Nunca Jamás.

Alguna vez, el Huevo de Madre Paloma en efecto se rompió. Pero aquí no vamos a contar la historia del huevo. Ahora llegó la hora de oír la historia de Rani…

Rani en la Laguna de las Sirenas

1

Rani se detuvo frente a la reluciente puerta metálica del taller de Campanita y se mordió los labios. "No voy a llorar", se dijo. "Esta vez, no". Alcanzaba a oír los martillazos que daba su amiga dentro de la tetera. Campanita estaba ocupada, como siempre.

Campanita era un hada hojalatera y la mejor en su trabajo en la Hondonada de las Hadas. Podía arreglar casi cualquier cosa: un cucharón poroso, una olla terca que no hervía bien, un colador que se negaba a dejar pasar el agua por su red. Y Rani esperaba que Campanita pudiera solucionarle su problema.

En fin, Rani tomó aire y entró al taller de su amiga.

—Hola, Campanita —dijo.

Frunciendo el ceño con impaciencia, Campanita levantó la vista que hasta entonces estaba clavada sobre la paila de cobre en la que trabajaba, pero al ver que se trataba de Rani sonrió mostrando sus hoyuelos.

—¡Rani! —exclamó dejando a un lado su martillo—. ¿Qué haces por aquí? ¿Por qué no estás…?

—¿…haciendo la fuente? —terminó Rani la pregunta de Campanita, cosa que solía hacer con frecuencia, aquello de terminar las frases que otras hadas empezaban a formular—. Bueno, resulta que… —empezó a decir pero se interrumpió—. Porque… —intentó Rani de nuevo pero no alcanzó a decir más porque en ese momento se atacó a llorar.

—Rani, ¿qué ocurre? —le preguntó Campanita que ya había volado a su lado y ahora le daba unas palmaditas cariñosas en la espalda, teniendo el buen cuidado de evitar el lugar en donde alguna vez Rani había tenido sus alas.

Rani era la única hada desprovista de alas en la Hondonada de las Hadas. Un día se las cortó para salvar al País de Nunca Jamás. Asunto que la convirtió en una heroína pero también en la única hada que no podía volar. Por eso, un ave, el Hermano Palomo, la ayudaba cuando Rani lo necesitaba.

Con todo, y por otro lado, gracias a su condición, Rani era la única hada en la Hondonada que podía nadar: las alas de las hadas se hacen muy, pero muy pesadas cuando se mojan. Por ello las hadas nunca nadan: se hundirían en el agua bajo su propio peso. Y siendo Rani como era, un hada con talento para el agua, pues *adoraba* el agua.

Rani sacó una hoja-pañuelo y se sonó la nariz al tiempo que otra cristalina lágrima ya le rodaba por la mejilla.

—Esta noche se celebra el Baile de las Hadas… —empezó a decir Rani.

Campanita, entretanto, recogió un buen montón de hojas-pañuelo que siempre tenía al alcance de la mano para cuando las hadas con talento para el agua pasaban por allí.

—No veo la hora… —dijo Campanita.

El Baile de las Hadas era precisamente la razón por la cual trabajaba tan duro reparando la paila de cobre. Las hadas con talento para la cocina necesitaban la paila urgentemente. Resulta que a la tal paila últimamente le había dado porque era un sartén y no una paila y entonces no producía más que panqueques, unos tras otros, no importa qué quisiera hacer la cocinera en ella. Sin embargo, a las hadas con talento para la cocina no se les podía ni ocurrir la idea de servir panqueques en la celebración más importante del mes. Con ceño fruncido, Campanita golpeó la paila con su martillo de hojalatero pero la abolladura en uno de sus lados se resistía a pesar de los golpes.

El Baile de las Hadas se celebraba cada luna llena, cuando la luna estaba más gorda, más luminosa y más alegre. Y las hadas de todos los talentos se esmeraban para que la fiesta saliera lo mejor posible. Las hadas con talento para la luz colgaban luciérnagas de las ramas de la Casa del Árbol y además soltaban cientos de miles de luciérnagas a volar en medio del claro donde el baile se celebraba. Las hadas panaderas con talento para todo lo que se pudiera hornear preparaban pilas de dulces y crujientes galletitas de mantequilla. Las hadas con el don de la cocina hacían unos emparedados de champiñones tan delicados como plumas y servían una exquisita crema de calabaza en cortezas de bellotas. Las hadas con ta-

lento para la decoración se aseguraban de que las hojas de todos los arces de la Hondonada estuvieran relucientes. Y las hadas con el don del agua levantaban una bellísima fuente justo en la mitad del claro. La fuente era muy importante porque el baile se organizaba a su alrededor.

Y sólo pensar en la fuente conmovía a Rani hasta las lágrimas. En fin, en este momento, Rani se secó con urgencia las lágrimas y de nuevo tomó aire:

—Tú sabes que yo siempre me encargo del enorme chorro de agua en la parte superior del surtidor que preparamos para el Baile de las Hadas —empezó a explicar Rani.

—Claro que lo sé —dijo Campanita—. Es el chorro más hermoso de la Hondonada.

—Bueno, pues el resto de las hadas con talento para el agua piensan que esta vez debiera hacerlo Humidia… —dijo Rani y los ojos se le aguaron de nuevo y empezó a moquear—… porque no puedo volar; dicen que el revoloteo de las alas del Hermano Palomo estropeará el chorro cuando intente ponerlo en la parte superior de la

fuente. Es más, dicen que en efecto las alas proba-
blemente destruyan todo el surtidor si nos acerca-
mos mucho.

Campanita tiró de sus flequillos en la frente.
Sabía muy bien lo que era pensar que uno estaba perdiendo su talento: era espantoso lo que se
sentía.

—Mira, la fuente no sería lo mismo sin tu
talento. Y eso sería...

—...horrible —terminó la frase Rani sacudiendo la cabeza—. ¡Ser un hada con el don
del agua y no poder siquiera ayudar a levantar la
fuente de agua!

Rani exprimió la hoja-pañuelo que tenía en
la mano escurriendo agua por el suelo y luego volvió a secarse con delicadeza los ojos. Las hadas
con el don del agua están tan llenas de líquido
como una mora madura y jugosa y por tanto su-
dan, lloran y moquean más que las otras hadas.
No pueden evitarlo.

—Pues qué te digo Rani —dijo Campani-
ta—, trabajes o no en la fuente, igual habrá fiesta
y a ti te encantan las fiestas. Te guardaré un buen

lugar para el Baile de las Hadas y mientras tanto quizá puedas usar tu talento ayudando a otro talento.

—¿Otro talento? —repitió Rani, apretando los labios y pensando muy concentrada—. Quizá pueda ayudar a las hadas de la cocina hirviendo el agua.

Esto último ya lo había hecho un par de veces antes. No era tan divertido como levantar la fuente pero era mejor que nada. De hecho, quizá pudiera ayudar a las hadas con talento para la cocina preparando algo delicioso para comer. Sí, eso sería divertido, comprendió Rani.

—Oye, gracias Campanita. Ya mismo voy a preguntarles y ofrecerme —dijo y salió a toda prisa por la puerta.

—¡No hay de qué! —exclamó Campanita, pero Rani ni la oyó: ya iba camino a la cocina.

Rani estaba de pie al borde del Círculo Encantado y suspiró. Ya había pasado por la enorme cocina de la Casa del Árbol. Allí preguntó si podía ayudar con la hervida del agua, pero le contestaron que ya toda la comida estaba preparada. Entonces se vino al claro a ver si podía ayudar a hadas con otros talentos. Pero ya todo lo que había por hacer estaba hecho. No había nada en lo que pudiera contribuir.

Sobre una larga mesa habían dispuesto montones de todo tipo de deliciosas delicadezas que las hadas con talento para la cocina y para la panadería habían preparado a las carreras: tartaletas de crema, bollos de maíz y bandejas con emparedados de champiñones. Las hadas con el don del brillo habían dejado relucientes tenedores, cucharas y cuchillos. En este momento las especialistas en poner la mesa estaban haciendo justamente eso. Las hadas jardineras habían rastrillado el terreno y sembrado hermosos pensamientos de un azul subido por todo el borde. Las hadas con el don de la luz ya habían colgado muchas luciérnagas y otras tantas las tenían bien guardadas cerca.

—¡Por la luna y las estrellas, qué hermosa está la fuente Rani! —exclamó una voz.

Rani se dio vuelta y vio a Fira sonriente. Los ojos le brillaban. Fira era un hada con talento para la luz y su resplandor era más intenso que el de cualquier otra hada de Nunca Jamás, incluso las puntas de su largo pelo negro resplandecían.

Fira observó detenidamente la fuente, en silencio. Por lo general Fira escogía y medía muy bien sus palabras antes de hablar.

—Cuánto me gustaría encontrar una manera de iluminarla —dijo por fin—. Pero siempre que intento acercar una llama al agua…

—…la llama se apaga, lo sé —terminó la frase Rani.

—Igual, tal como está, se ve muy bien —agregó Fira.

Rani suspiró y le dijo:

—Gracias, Fira, pero no tuve nada que ver con la fuente; como no puedo volar, Humidia asumió mi trabajo.

—¡Ay, Rani! —se lamentó Fira.

Acto seguido, Rani se dio vuelta para ocultar las lágrimas que ya empezaban a hacerle cosquillas en los ojos… otra vez.

—Bueno, no dejes que eso te preocupe. Esta noche irás al baile y pasarás un rato maravilloso —dijo Fira chasqueando la punta de los dedos de manera que una chispa voló un instante sobre la cabeza de ambas hasta que se apagó—. Bailando te olvidarás de la fuente.

Rani observó los sonrientes ojos negros de Fira que resplandecían con puntitos de luz. Sabía que Fira quería ayudarla, de manera que Rani le devolvió una sonrisa húmeda. Pero Fira, claro, comprendió que Rani aún seguía triste.

—No olvides que tú salvaste el Huevo de Madre Paloma —le recordó Fira—. De manera que tú tienes más de un talento, Rani.

"Sí, pero yo sólo quiero un único talento", pensó Rani. Con todo, sabía que no valía la pena discutir. Humidia había levantado el chorro mayor de la fuente y no había más que hablar al respecto. Ahora ya no tenía más remedio que gozar el Baile de las Hadas tanto como pudiera.

—Gracias, Fira —repitió Rani tras un breve silencio—. Nos vemos esta noche en el Baile.

2

—¡ALLÁ ABAJO, HERMANO PALOMO! —gritó exaltada Rani inclinándose sobre el cuello del Hermano Palomo al tiempo que éste se clavaba en picada sobre el Círculo Encantado.

Las luciérnagas titilaban iluminando con tenue luz el claro. La fuente de las hadas resplandecía justo en la mitad, casi tan alta como el tronco del sicomoro que crecía muy cerca. Las hadas con talento musical ya afinaban sus instrumentos hechos con juncos. Rani se mordió los labios. Llegaba un poco tarde.

El Hermano Palomo se dirigió a un punto bajo los árboles en donde varias ramas se entrecruzaban. Las estrellas se veían palpitar tras la celosía de las hojas. Varias hadas revoloteaban por ahí en el aire conformando tres círculos mientras practicaban sus volteretas en preparación para el baile. Incluso la antipática Vidia sonreía observando todo no muy lejos de allí.

—¡Allí está! —exclamó Rani, que había alcanzado a ver a Campanita volando en su puesto entre Beck, un hada con talento para los animales, y Terence, un hombre gorrión con talento para fabricar polvillos de estrella.

Y, justo en ese momento, las hadas con talento musical entonaron los primeros acordes de la melodía del Baile de las Hadas.

—¡Hurra! —exclamó Rani—. ¡Ya comienza la danza!

Rani, por supuesto, quería hacerse en el lugar que le era usual, al lado de Campanita en el círculo externo.

Para el Baile de las Hadas se conformaban tres círculos. Los tres a media altura y en torno a la fuente. El primer círculo era el más pequeño y en el que bailar resultaba más fácil. Las hadas más jóvenes solían bailar allí mientras aprendían a hacerlo con propiedad. Luego seguía el círculo del medio. Se trataba de un círculo para las hadas que ya sabían bailar pero que aún no eran expertas. Por último, el círculo externo, no sólo era el más grande, claro, sino que también era el más difícil para bailar. Allí se daba una profusión de revoleos, volteretas y saltos complicados.

Algunas veces los bailarines y bailarinas del tercer círculo cambiaban de dirección y por tanto bailaban en sentido contrario a las hadas que lo hacían en el círculo de la mitad. Algo muy parecido a los que los Torpes humanos llamaban baile de cuadrilla, excepto que en el caso de las hadas la cuadrilla era circular, cosa que, claro, lo hacía todo mucho más difícil de realizar. Los tres círculos estaban en permanente movimiento, primero en un dirección, luego en la otra y siempre intercambiando de parejas.

A Rani le encantaba bailar en el círculo externo y allí cualquier hada tenía que ser muy rápida para seguir el ritmo de la música. Si no era capaz de mantener el ritmo perdía su puesto en el círculo y no tenía más remedio que esperar a un lado mientras empezaba una nueva canción. Esta vez, sin embargo, todo sería muy diferente porque Rani estaría montada a horcajadas sobre el lomo del Hermano Palomo.

Así las cosas, el Hermano Palomo se dirigió al círculo exterior y, para su buena fortuna, no soplaba brisa esta noche ya que una ligera ráfaga de viento bien podía hacer estrellar unas hadas contra otras.

—¡Rani, ven aquí! —gritó Campanita, y casi en el acto tanto ella, Campanita, como Beck, saltaron del círculo externo al del medio sólo para hacer otra vez lo mismo un segundo después.

Terence estaba justo al lado de Campanita. "Se va a estrellar contra alguien si no tiene mucho cuidado", pensó Rani. "¡Le está prestando más atención a Campanita que al baile a su alrededor!"

Con dos precisos golpes de ala, el Hermano Palomo se disparó al punto exacto en donde Campanita daba un salto mortal en el aire justo en el momento en el cual la música estaba en su momento más acelerado, tanto, que las alas de las hadas se agitaban tan rápido que zumbaban.

"Déjame volar allá", cantaban las hadas al tiempo que todo el mundo daba una voltereta a la izquierda. ¡Clap, clap, clap! continuaba la canción, "déjame volar allá", voltereta a la derecha y ¡Clap, clap, clap!

Rani sabía que le estaría eternamente agradecida a Hermano Palomo por haberle permitido siquiera participar en el Baile de las Hadas, pero no podía dejar de sentirse puesta a un lado al tiempo que las otras hadas saltaban y zumbaban de un círculo al otro y de aquí para allá ya que, siendo el Hermano Palomo tanto más grande que las hadas, el pobre no tenía más remedio que conservar su puesto en el círculo exterior. En fin aun así, era bonito poder participar en el baile.

—¡Uuuuyyy! —gritó Rani que dejó de aplaudir para aferrarse con fuerza de las suaves plumas del cuello del Hermano Palomo cuando a este le dio por dar una voltereta a su manera.

—¡Oye, vamos allá! —gritó de nuevo Rani señalando con el dedo a Campanita que había saltado fuera del círculo interior y ahora estaba al otro lado.

Rani se puso de pie sobre el Hermano Palomo mientras este volaba en dirección a Campanita. Estaban en la parte que más le gustaba a Rani del baile. Patada, patada y luego saltar, saltar, saltar… un pequeño brinco vertical y giro a la derecha…

"Mis pies no lo han olvidado", pensó Rani. Y empezó a moverse al ritmo de la música. "¡Quizá no tenga alas, pero aún puedo bailar!", Rani sonrió para sí y giró a la derecha…

—¡Ay, no!

Soltando un grito, Rani sintió que perdía pie sobre el lomo del Hermano Palomo y agitó los brazos. Un instante después caía por el espacio vacío.

—¡Rani! —exclamó Campanita, que ya se clavaba en rescate de su amiga.

—¡Rani! —exclamó Terence… y a su alrededor el baile se volvió un caos: hadas estrellándose unas contra otras.

El pasto verde del claro parecía correr a recibir a Rani que caía rumbo al suelo. No tuvo tiempo siquiera de gritar de nuevo cuando sintió un tirón en el brazo y su caída se detuvo ligeramente.

—¡Gracias, Campanita! —dijo Rani jadeando, pero Campanita no era lo suficientemente fuerte como para interrumpir su descenso y entonces ahora las dos caían.

Luego, sintió otro poderoso tirón cuando Terence a su vez agarró a Campanita por debajo de un brazo, haciendo fuerza para sostenerla.

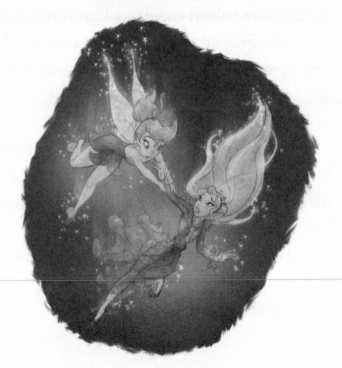

Se escuchaban gritos y jadeos de parte de todas las otras hadas. Terence, Campanita y Rani dieron contra la fuente y la destrozaron, salpicando agua por todos lados. Pero ahora sí caían mucho más despacio y unos segundos más tarde Fira aferró el otro brazo de Rani y la fuerza de los tres fue suficiente para poner delicadamente a Rani sobre la verde hierba.

Por un instante, se hizo el silencio. Rani observó el desastre que había ocasionado a su alrededor. En el aire flotaba un nudo ciego de alas de hadas que se habían enredado. Un gorrión había caído de cabeza en una olla con sopa de calabaza. Todo lo que quedaba de la fuente era un charco húmedo en la hierba. El recién estrenado vestido de pétalos lila de Rani estaba desgarrado.

Los músicos guardaron silencio. Lo único que se escuchaba era el batir de las alas del Hermano Palomo que en ese momento aterrizaba al lado de Rani.

Los ojazos azules de Campanita parecían muy preocupados.

—¿Rani, estás bien?

Rani sintió las tibias lágrimas rodando por sus mejillas y entonces susurró:

—No quise…

—¿No quisiste? —preguntó con brusquedad una voz.

Era la cruel Vidia —la más rápida de las hadas con talento para el vuelo veloz— que ahora aterrizaba al lado de Rani. Campanita cruzó los brazos frente a su pecho lanzándole una mirada feroz a Vidia.

—Cariño, debes entender que simplemente estábamos muy preocupadas por ti —continuó Vidia con tonito demasiado azucarado y forzando una sonrisa con sus labios encarnados—. Pero mira, es obvio que un hada sin alas no puede esperar participar en el Baile de las Hadas. Me sorprende que lo hayas intentado.

—¡Cállate Vidia! —espetó Fira—. Lo estaba haciendo muy bien hasta que…

—¿Hasta que lo arruinó todo, incluyendo la fuente que habían levantado sus colegas de talento? —remató la frase Vidia—. Mira, corazón dulce, no fue culpa tuya haber arruinado el baile.

Todas entendemos que lo único que querías era sentirte parte del grupo, pero tienes que aceptar el hecho de que sin tus alas, no tienes caso.

—Vidia... —gruñó Campanita, apretando los puños de ira.

Pero Rani no escuchó el final de la frase de Campanita porque había emprendido carrera. Y no se detuvo, ni siquiera cuando alcanzó oír que Campanita la llamaba gritando su nombre.

3

RANI SE SENTÓ LLORANDO BAJO UN ALTO SAUCE y lloró hasta formar un pequeño pozo de llanto a su alrededor. Lloró hasta agotar sus lágrimas, cosa que nunca antes le había ocurrido: hasta entonces siempre había estado llena de agua.

Cuando por fin dejó de sollozar, el oscuro bosque estaba en silencio y Rani comprendió que se encontraba en un lugar del bosque que no conocía.

—Debería volver a la Casa del Árbol —se dijo en voz alta.

El eco de su voz rebotó de árbol en árbol hasta perderse en la oscuridad de la noche y se dispuso a caminar en esa dirección imaginando desde ya las reconfortantes ramas, los cuartos iluminados llenos de hadas.

Pero entonces suspiró: "Ya no me quieren", se dijo, apiadándose de sí misma. ¿Pero a dónde podía ir? "Bueno", pensó Rani, "ya que no puedo volver lo mejor será seguir adelante", y diciendo esto se dio vuelta para internarse en el bosque.

Dejando atrás los altos y oscuros árboles y más allá de un claro iluminado por la luz de la luna, Rani dio con una pequeña quebrada que alimentaba el arroyo Havendish. Allí recogió una pequeña piedra y la arrojó al agua para luego acercarse hasta la orilla de la quebrada y meterse en ella hasta que el agua le cubrió los tobillos.

El agua fresca y clara le acariciaba los pies y Rani sintió que se animaba un poco. Pateando el agua mojó a una rana que reposaba en la orilla. Se rió viéndola croar y saltar al agua.

Siguió un rato salpicando agua, se dirigió de nuevo a la orilla y, a punto de salir de la quebrada, la vio: una bella y pequeña canoa hecha con corteza de abedul. Las hadas con talento para el agua solían usarlas algunas veces para explorar los alrededores. Esta parecía haber rodado a la deriva quebrada abajo, quizá porque algún hada descuidada olvidó amarrarla como es debido.

"Es casi como si alguien la hubiera dejado aquí para que yo la encontrara", se dijo Rani.

En un charco de agua acumulada en el fondo de la canoa había un remo. Rani pasó su mano sobre el charco y en un instante formó una bola de agua. La recogió y la arrojó a la quebrada donde se disolvió en el acto. Revisó con las manos toda la embarcación para cerciorarse de que el casco estuviera sellado y entonces se metió en la canoa.

Mientras Rani remaba corriente abajo la luz de la luna brillaba sobre el agua. Se alcanzaba a escuchar el tenue rumor de una cascada pequeña. Rani no sabía a dónde se dirigía, pero mientras fuera lejos de las otras hadas, tanto mejor.

Alzándose un poco por encima del borde de la canoa, Rani observó su cara redonda reflejada sobre las aguas. "De frente, todavía parezco un hada normal", pensó. Estiró el brazo y tocó el agua. Su rostro se desvaneció entre las ondulaciones que provocó.

Ahuecó las manos, recogió un poco de agua y la llevó a sus labios.

—Adiós, Campanita —le susurró al agua—. Te extrañaré. Siempre serás mi amiga pero yo ya no puedo vivir con las otras hadas.

Sopló el agua en sus manos y el líquido creció y se infló hasta convertirse en una enorme burbuja. Rani alzó la mano al cielo. La burbuja resplandeció frente a sus ojos un instante y luego se alejó flotando. Una brisa la empujaría hasta la Casa del Árbol donde llegaría a manos de Campanita. Rani había enviado antes muchos de estos mensajes en burbujas. Nunca fallaban.

Con un suspiro, se inclinó hacia atrás, para observar las estrellas al tiempo que la canoa la llevaba corriente abajo. Vio un largo tronco cubierto de musgo que cruzaba la quebrada casi como un puente. Y justo cuando pasaban por debajo del tronco, escuchó algo caer con suavidad al agua.

"¿Qué fue eso?", se preguntó Rani y se sentó muy derecha dentro de la canoa. Mirando a un lado, alcanzó a ver algo que se movía como un látigo en el agua oscura a su espalda. ¡Una culebra acuática!

El corazón de Rani le dio un respingo en el pecho. Las culebras eran tan peligrosas para las hadas como los halcones. Hundió el remo en el agua con todas sus fuerzas y la canoa empezó a alejarse poco a poco, pero una mirada hacia atrás le demostró que la culebra se movía muy rápido.

—¡Date prisa! ¡Date prisa! —se alentó Rani a sí misma.

La canoa en efecto avanzó con más rapidez y, de pronto, escuchó un ruido silbante.

Al darse vuelta, esperando encontrarse con la culebra prácticamente encima de ella, pudo ver que la alimaña todavía estaba relativamente lejos.

Sorprendida, miró al frente. El silbido que había escuchado no provenía de la culebra: era el agua de la corriente de la quebrada corriendo entre las rocas.

—¡Ay, no! —exclamó Rani hundiendo el remo en la corriente para detener un poco la canoa.

Silbaba el agua.

A sus espaldas, vio cómo la culebra acuática ya estaba a la altura de la canoa, preparándose para atacar.

—¡Aléjate! —gritó Rani, de pie, alzando el remo.

Como un relámpago, la serpiente se lanzó de frente y Rani la alcanzó dándole un golpe en la cabeza. La culebra se dobló un poco gracias a la fuerza del golpe pero pronto atacaba de nuevo, sacando y metiendo su lengua ahorquillada, los ojos negros entrecerrados de ira.

Rani pensó con rapidez y, cuando la serpiente atacó de nuevo, se contuvo una fracción de se-

gundo de manera que, para cuando ya los colmi-
llos del animal prácticamente se cerraban sobre
ella, pudo embutirle el remo entre sus fauces.

La serpiente se sacudía de un lado a otro, salpicando agua de manera monstruosa, pero el remo
aguantó: ¡el animal no podía cerrar la boca!

Entonces, un poco más tranquila, Rani recordó que tenía otro problema: el tenue silbido se
había convertido en un estruendo. Atendiendo
de nuevo el frente de su canoa, Rani pudo ver las
blancas espumas que se aproximaban. Se aferró
al borde de la canoa al tiempo que esta se bam-
boleaba y mecía. Rani soltó un alarido, su oídos
aturdidos con el estruendo de los rápidos, su estó-
mago mareado de tanto movimiento.

"¡No voy a poder sostenerme!" pensó Rani y
soltó la mano con la que se aferraba a la canoa.

La canoa dio contra la roca más grande en
medio de los rápidos, rompiéndose en dos por la
fuerza del golpe. Rani fue arrojada a las aguas de
la quebrada. Intentó luchar contra la corriente
pero era demasiado fuerte. Por último, se rindió y
el agua la devoró.

—Yo sé qué es esto... alguna vez vi una: es un hada.

—No puede ser un hada. No tiene ni varita mágica ni alas.

—No todas las hadas tienen varitas mágicas, por si no lo sabes.

—¡Claro que sí las tienen!

—¡Silencio! Se está moviendo.

Rani tosió y empezó a parpadear para abrir los ojos. Para comenzar, todo lo que podía ver era una luz intensa y una sombra, pero por último el mundo pareció recuperar su nitidez. Alguien la observaba desde arriba con mucha curiosidad. Era alguien de ojos verdes, nariz delicada, pelo entre amarillo y verde y una piel cubierta de muy pequeñas escamas.

"¡Una sirena!" pensó Rani. Una segunda sirena, de ojos azules y pelo aguamarina, estaba al lado de la primera. Rani se sentó bien y, acto seguido, deseó no haberlo hecho tan rápido. Le dolía todo el cuerpo. Observando el lugar donde se encontraba, comprendió que estaba en alguna orilla. Las sirenas se inclinaban sobre ella con las colas aún metidas en el agua.

—¿Dónde estoy? —preguntó Rani.

—Quiere saber dónde está —dijo la sirena de ojos azules.

—Sí, la oí muy bien —espetó la de los ojos verdes, observando a Rani desde su altura—. Te encuentras en la desembocadura del arroyo Havendish sobre la Laguna de las Sirenas.

—¿Eres un hada? —preguntó la otra sirena.

—Sí —dijo Rani, tosiendo una vez más.

—¿Lo ves? —afirmó preguntando la sirena de los ojos verdes con más que un poco de petulancia—. ¿No te lo dije? No todas tienen varitas mágicas.

Rani observó con cuidado a la sirena de ojos verdes y luego preguntó con suma cautela:

—Creo conocerte, ¿tú no eres… Soop… por casualidad?

La sirena sonrió. El nombre de Soop en realidad no era Soop, pero es que sólo otras sirenas podían pronunciar bien su nombre.

—No, no soy Soop —dijo la sirena—. Aunque muchas criaturas, incapaces de observar con cuidado, suelen pensar que nos parecemos. Yo soy Oola. Y ahora dime, ¿tú quién eres?

—Soy Rani.

—Bueno, si eres un hada, como dices, ¿qué pasó con tus alas? —preguntó la otra sirena.

—Oye, Mara, ¿por qué no te callas? —protestó Oola.

(Mara tampoco era el nombre de la otra sirena, pero eso fue lo que Rani alcanzó a entender).

—¿No te parece obvio? —continuó Oola—. Se las cortó para poder nadar con las sirenas.

—¿En serio? —preguntó Mara con los ojos abiertos como platos.

—Pues, cómo decir... —empezó a decir Rani.

Rani en efecto se había cortado las alas un día en el que tuvo que pedirle a las sirenas que por favor le regalaran una de sus bellísimas peinetas para salvar el Huevo de Madre Paloma. Así las cosas, pues casi si podría decirse que se cortó las alas para nadar con las sirenas.

—Sí... supongo que sí —terminó Rani.

Mara quedó boquiabierta de pura admiración y observó a Rani de arriba abajo. Rani sintió que se sonrojaba. Sabía que estaba hecha un desastre: el pelo enredado y el vestido color lila destrozado tras la caída durante el Baile de las Hadas, convertido en poco menos que un harapo.

—Entonces —empezó a decir Mara—, ¿qué estás haciendo...

—...aquí? —terminó Rani la pregunta—. Estoy huyendo.

Las sirenas no lo podían creer.

—¡Huyendo! —repitió Oola.

—Yo jamás abandonaría la Laguna de las Sirenas —dijo Mara.

—¡Mara, por favor! —espetó otra vez Oola—. No insultes a la pequeña hada. No todo el mundo vive en un lugar tan bonito como la Laguna de las Sirenas.

—Oigan, la Hondonada de las Hadas es un lugar muy hermoso —dijo con énfasis Rani.

Oola sonrió, aunque no parecía muy convencida de lo que Rani acababa de decir y agregó:

—Pero claro que lo es.

Tras este último comentario, Rani ya no supo qué más decir.

Oola empezó a batir pensativamente su cola verde-amarilla en el agua y Rani a jugar con un poco de agua en sus manos. De pronto, Rani ahuecó las manos, hizo una bola perfecta de agua y empezó a estirarla hasta que por fin logró hacer una lengua viperina con una larga cola. Sopló la figura en su mano y la culebra de agua movió la cola.

—¿Cómo hiciste eso? —preguntó Oola.

—Soy un hada con el don del agua —explicó Rani sacudiéndose los hombros—. El agua es mi dicha.

Oola, alargando un dedo, tocó la serpiente de agua y esta se desintegró en el acto, volviendo al agua con una ligera salpicada al caer en el arroyo. Oola se rió y dijo:

—Supongo que no tengo el don del agua.

—Las sirenas tienen distintos talentos —dijo Rani, pensando en lo muy agraciadas que Oola y Mara eran.

—Bueno, ¿y ahora para dónde vas? —preguntó Mara.

—No lo sé —admitió Rani con un suspiro.

Inclinándose un poco, Oola susurró algo al oído de Mara y los ojos de Mara se abrieron antes de susurrarle algo de vuelta a Oola. Oola asintió con la cabeza.

—Creemos que deberías venir a vivir con nosotras —le dijo Oola a Rani.

—Te gustará —aseveró Mara.

—¿Yo? —preguntó Rani sonrojándose de orgullo; ¿acaso estas hermosas sirenas en verdad querían que ella, Rani, se fuera a vivir con ellas? ¿Bajo el agua? El corazón de Rani no cabía de la felicidad.

—Pues pareces ser muy feliz en el agua —señaló Oola.

La sonrisa de Rani se disipó:

—No podría vivir bajo el agua —dijo.

Para vivir bajo el agua necesitaría una gran cantidad de aire. Entonces recordó el mensaje burbuja que le había enviado a Campanita. ¿No sería posible hacer unas cuantas burbujas como esa y ponérselas al cuello como si fueran un collar? Así, cada vez que necesitara respirar bastaría con reventar una en su boca…

—¡Y aspirar! —exclamó Rani, tan exaltada que se puso de pie en el acto.

Oola le extendió la mano y Rani subió sobre ella sin pensarlo dos veces.

—Serás una sirenita miniatura —le dijo Oola con amabilidad, ignorando el hecho de que Rani no tenía ni escamas… ni cola.

Rani volvió a sonreír. ¡Iniciaba una aventura subacuática!

5

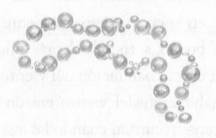

Rani observaba perpleja todo lo que la rodeaba a medida que avanzaban por la Laguna de las Sirenas.

Un banco de peces azul-plateados pasaron presurosos y Rani pudo ver además a tres sirenas sentadas sobre una roca. En un momento dado vio un hombre-sirena examinando lo que parecía un campo sembrado de algas marinas. Se trataba del chef del palacio recogiendo verduras para la ensalada. Dos pequeños niños-sirena jugaban a perseguirse entre un arrecife de coral.

—¿Cuánto falta para llegar al palacio? —le preguntó Rani a Oola, después de haber nadado un buen rato.

Igual, Rani estaba muy contenta de haber pensado en el collar de burbujas. Era más o menos fácil respirar usándolas bien: cada vez que se metía una en la boca, era exactamente igual que respirar. Y bueno, si todo lo demás fallaba, siempre podría usar la habitación del viento.

La habitación del viento era un cuarto al que las sirenas recurrían cuando las agallas no les funcionaban muy bien, pero desafortunadamente la tal habitación apestaba de olor a pescado y además Rani no podría cargar con todo el cuarto a cuestas en el caso de que quisiera abandonar el palacio de las sirenas. Como fuera, el collar de burbujas le hacía el camino bajo el agua más fácil.

—Ya no falta mucho —le contestó Oola—. Lo verás apenas crucemos aquella colina.

Y entonces Rani se quedó boquiabierta al ver el castillo. El palacio de las sirenas estaba construido con madreperla y resplandecía a la luz subacuática. A Rani le pareció gigantesco: desde el fondo de la laguna se alzaba casi medio camino a la superficie.

Rani siempre había pensado que la Casa del Árbol era el lugar más bonito sobre la tierra, pero ahora no estaba tan segura.

—¿Y todas ustedes viven ahí? —preguntó Rani.

—En efecto, todas y cada una de las sirenas y hombres-sirena que existen tienen habitación propia en el palacio —le replicó Oola.

Bueno, imagino que se preguntarán cómo era posible que Rani y Oola hablaran estando como estaban bajo el agua. Pero la verdad es que no era tan difícil si una sirena se tomaba la molestia de demostrártelo. El truco no estaba en cómo hablaban... sino más bien en escuchar con mucha atención. Rani se veía obligada a escuchar con suma atención cada burbuja que salía de la boca de Oola y, claro, se necesitaba un poco de práctica, pero una vez uno aprendía a hacerlo, era tan sencillo como hablar con las hadas en la Hondonada de las Hadas.

Oola y Mara nadaron a través del castillo. Sentada en la mano de Oola, Rani podía admirar todo lo que veía. En todas las habitaciones había manojos de algas marinas creciendo en torno de conchillas en espiral. En una habitación, Rani vio dos cangrejos persiguiéndose el uno al otro alrededor de una enorme cama de conchilla.

Por todo el castillo había caracolas que ocultaban una luz que sin embargo iluminaba el espacio con un resplandor dorado. Rani se preguntó de dónde provendría la luz, porque era francamente hermosa.

—Vamos al vestidor —sugirió Mara—. Es probable que todas las demás estén allí.

—¡Ay, no, por favor, no en este momento! —exclamó Oola, quien ya empezaba a considerar a Rani como *su* hada, y por lo tanto no quería compartirla con los demás. Pero Voona, una sirena con una prodigiosa melena de pelo naranja encendido, las alcanzó a ver.

—Uuulalalaa, ¿y qué es eso que tienes entre manos? —preguntó acercándose veloz, nadando por el agua, con sus ojos dorados abiertos de par en par—: ¡Caramba! ¿Dónde consiguieron esto? ¡Qué cosita más extraña!

—Soy Rani —dijo Rani.

—¡Vaya, incluso habla! —exclamó Voona.

—Es un hada —explicó Oola.

—¿Un hada? No me digan… ¿y qué se hizo su varita mágica? —preguntó Voona—. Bueno, no esperemos más, hay que mostrarle esta cosita a todas las demás, ya mismo —continuó diciendo Voona mientras empujaba a Oola a través de una puerta cercana sólo para abrirla de par en par y exclamar—: ¡Niñas, vengan y miren lo que tenemos aquí!

Pronto un banco de sirenas, hablando todas al mismo tiempo, rodeaba a Rani.

—¿Está viva?

—¡Qué cosita tan rara!

—¡Es un hada!

—¿En serio?

Todas las sirenas observaban boquiabiertas a Rani, que ahora se sonrojaba.

—Miren, se está sonrojando —gritó Voona.

A Rani le hubiera encantado que las sirenas no hablaran de ella como si no estuviera presente. "¿Pero cómo pedirles eso sin parecer grosera?", pensó Rani.

Por último, Oola intervino:

—Es un hada y ha venido a vivir con nosotros… bueno, conmigo. Ella se cortó las alas para poder nadar con las sirenas. ¿Me entienden? —dijo Oola señalando el lugar en donde las alas de Rani alguna vez estuvieron.

Las sirenas estaban estupefactas.

—Y —agregó Mara—, además, ha pasado recientemente por una gran aventura.

—Con razón se ve tan desaliñada —opinó Voona.

Rani se sonrojó aún más al recordar su vestido desgarrado: sabía muy bien que no estaba muy presentable.

—¡Podemos vestirla! —exclamó una de las sirenas.

—¡Sí, sí, sí! —exclamaron al unísono las demás sirenas y se formó un revuelo general cuando empezaron a nadar a todos los rincones del salón en busca de posibles prendas.

Todas recogieron algo que podría ayudar.

Rani se sentó en medio de una mesa muy alta y Mara procedió a peinarla. Entretanto, Oola sacó un pañuelo de seda marina color azul turquesa y con él empezó a confeccionar un vestido nuevo para Rani. Una sirena de pelo violeta le pintó los labios con un lustre labial coralino.

Otra sirena más encontró un pequeño palillo con una esplendorosa joya de rojo encendido en una punta. La misma sirena alzó un palillo similar, sólo que mucho más grande, y con el mismo se arregló un moño en el pelo. Luego, le pidió a Rani que hiciera lo mismo. Rani hizo lo mejor que pudo pero aún así estaba segura de que su moño jamás quedaría tan bonito como el de la sirena.

—¡Qué tanto mejor! ¡Qué cambio! —exclamó Voola aplaudiendo con las manos—. Esta pequeña hada es perfectamente adorable... tengo que conseguir una para mí.

Rani sonrió al observar su nuevo vestido de seda marina. Era el vestido más bello que jamás se hubiera puesto.

—Muchas gracias —le dijo a sus nuevas amigas.

—Bueno, la verdad, fue muy divertido —dijo Oola.

Rani tocó con la punta de los dedos la joya roja que ahora tenía en la cabeza. Tampoco antes había tenido algo tan suntuoso.

—¿Van a celebrar una fiesta? —preguntó Rani.

Las sirenas se quedaron mudas, mirándola.

—¿Una qué? ¿Una fiiista? —trató de repetir Voona.

—¿Qué es una fista? —preguntó Oola.

—Una f-i-e-s-t-a —corrigió Rani—. Me imagino que sí saben de qué se trata: una reunión

en la que uno se junta con amigos y amigas para bailar y tocar música y pasarla bien.

—¡Suena divertido! —exclamó Mara jubilosa.

—¡Sí que suena divertido! —exclamó Rani a su vez—. ¡Muy divertido!

—¡Podría ponerme mi nuevo collar de conchillas! —gritó Mara.

—Y yo estrenar mi peineta de madreperla —dijo otra sirena.

Acto seguido, todas las sirenas estaban pensando en qué se iban a poner.

—¡Ay, no! —de súbito gimió Oola—. ¡Qué cosa más horrible!

—¿Qué es lo que te ocurre, Oola? —preguntó Mara y las otras sirenas guardaron silencio.

—Pues que no podría ni pensar en ir a una tal fiiiista sin mi argolla de oro —dijo en tono de queja Oola.

Las sirenas siguieron en silencio.

—¿Dónde está tu argolla? —preguntó Rani.

—La perdí… se me cayó —dijo Oola—, en el hoyo de la Estrella de Mar.

Las demás sirenas murmuraron entre sí, sacudiendo sus cabezas.

—Es un hoyo muy estrecho y profundo, jamás la podré recuperar —explicó soltando un suspiro.

Tras un breve silencio, observando a Rani con cuidado, volvió a suspirar.

Rani le echó una mirada a todas esas sirenas tan tristes a su alrededor. La verdad, todo parecía indicar que ya no habría fiesta.

—Bueno... pues... —empezó a decir Rani muy lentamente—, ...quizá yo podría recoger la argolla.

—¡Sí! —exclamó Mara—. ¡Claro que sí! ¡Rani es lo suficientemente pequeña como para bajar por el hoyo!

—¿Lo harías? —preguntó Oola—. ¡Eso sería maravilloso!

"Las sirenas me necesitan", pensó Rani dejando ver una sonrisa. "Necesitan mi ayuda para recuperar la argolla. Y ni siquiera saben cómo se organiza una fiesta. ¡Tendré que indicarles cómo se hace!"

—Bueno —preguntó Rani—, y en ese caso, ¿sí podríamos hacer la fiesta?

—¡Pero por supuesto! —le prometió Oola.

—Bueno —dijo Rani llenándose de valor—, entonces simplemente díganme dónde fue que cayó la joya.

6

—¿Estás segura de que fue aquí donde cayó?
—preguntó Rani, al tiempo que examinaba la
profunda y angosta grieta en el fondo del océano:
era tan oscura que apenas si alcanzaba a ver a uno
o dos pies de profundidad.

—Sí, por supuesto —le aseguró Oola—. Ahí
se me cayó la semana pasada.

—Yo vi caer la argolla —agregó Mara—.
Justo al lado de esta roca amarilla.

Rani vaciló un instante y dijo.

—Está muy oscuro allá abajo.

—No te preocupes por eso; te vamos a alum-
brar con esto —dijo de pronto Voona, alzando

una conchilla llena de resplandecientes algas marinas de color rosa.

Rani dio un titubeante paso adelante. En efecto la luz ayudaba, por lo menos un poco. Pudo ver que las paredes del hoyo de la Estrella de Mar estaban cubiertas de plantas y corales. La verdad no parecía haber nada muy peligroso allá abajo. Con todo, se trataba de un lugar extraño y Rani no alcanzaba a ver el fondo.

—¿Estás segura de que necesitas la argolla? —preguntó Rani.

—No podría ni pensar en ir a una fiii-ssta sin ella —replicó Oola.

Rani suspiró. Estaba claro que tendría que recuperar el anillo. Le quitó una burbuja particularmente grande a su collar, se la metió en la boca y aspiró con todas sus fuerzas, entonces se arrojó dentro del hoyo de la Estrella de Mar.

Las sirenas habían dicho la verdad. El hoyo era demasiado angosto para cualquier criatura distinta a un hada. Estiró los brazos y alcanzó a tocar ambas paredes con las puntas de los dedos, unas paredes ásperas.

Rani pateó con fuerza, nadando hacia abajo, más abajo y más abajo. La oscuridad empezó a envolverla y entonces se detuvo para mirar hacia arriba. Allá, en la punta, muy lejos, alcanzó a ver las caras de cinco hermosas sirenas. Oola levantaba la farola en alto haciendo que su raro resplandor alcanzara lugares más y más profundos dentro de la grieta proyectando extrañas sombras sobre las paredes.

—¡Ya casi llegas! —gritó Oola, su pelo verde-amarillo revoloteando en el agua en torno a su cara.

Rani miró hacia abajo y no tuvo la impresión de que ya estuviera a punto de llegar: ni veía el fondo ni sabía qué tan lejos podía estar. Deseó haberles preguntado a las sirenas cuánto tiempo debía nadar para llegar al fondo de la grieta.

Igual, Rani realmente no tenía miedo, después de todo sabía que las sirenas la estaban esperando en la entrada al hoyo. Y pensaba además en lo mucho que se divertirían en la fiesta.

"Podría ser tal y como el Baile de las Hadas", pensó Rani con alegría. "Estoy segura de que las

sirenas podrán dar volteretas en el agua tan fácilmente como nosotras las damos en el aire. Y les enseñaré los pasos del Baile de las Hadas. ¡Y podré bailar con ellas! ¡Será exactamente igual que volar! De hecho, ¡será mejor!"

De pronto, frente a Rani se alzó una roca. Rani entrecerró los ojos para ver mejor. Allí estaba: el fondo de la grieta de la Estrella de Mar. Y, en efecto, a la pálida luz del farol de algas marinas, Rani vio un pequeño aro de oro con una piedra púrpura montada, y nadó en su dirección.

Pero justo en el instante en el que estiraba la mano para alcanzar la argolla, la luz que venía de arriba se apagó.

Rani hizo una pausa, y se quedó muy quieta. "¿Qué ocurrió?", se preguntó.

—¿Oola? —preguntó en voz alta, pero no hubo respuesta.

El corazón de Rani empezó a palpitar con fuerza. Miró hacia arriba y lo único que alcanzaba a ver era una profunda y aterciopelada oscuridad.

—¿Voona? —gritó—. ¿Mara? ¿Qué se hicieron? ¿Dónde están?

Esperó, escuchando con suma atención. Tuvo la impresión de haber oído el eco de unas remotas risitas pero ninguna de las sirenas respondió a su llamado.

"No temas", se dijo Rani. "Aquí abajo no hay nada de qué temer".

Entonces, se mordió los labios. Sabía que estaba sola. Y a pesar de su esfuerzo, sintió que los pelos de la nuca se le rizaban de pavor, como si alguien la estuviera observando. La imagen de la serpiente acuática le cruzó por la cabeza.

—En el hoyo de la Estrella de Mar no hay culebras acuáticas —dijo Rani en voz alta y su propia voz le sonó extraña y resonante.

¿Cómo podía estar tan segura de que en esta grieta no hubiera serpientes acuáticas? ¿Y qué tal que hubiera cosas peores? ¿Por ejemplo, un cangrejo gigante? ¿O un pez con enormes hileras de dientes?

—Vamos, ya basta —se reprochó Rani a sí misma en voz alta—. Estás aquí para recuperar el anillo de oro; recógelo y a nadar de nuevo camino a la superficie.

Tragando saliva, alargó el brazo, y un segundo después ya las yemas de sus dedos alcanzaron a sentir la suavidad redonda del aro. Se lo echó al hombro y empezó a nadar camino a la punta de la grieta.

Los segundos parecían arrastrarse a medida que Rani ascendía nadando en la oscuridad. No podía establecer cuánto había avanzado ni cuánto le podía faltar para llegar arriba. Recorría nerviosa con los dedos las cuentas de su collar de burbujas y se obligó a recordar que tenía suficiente aire.

Tras lo que le pareció una eternidad, Rani notó que las paredes que la rodeaban se habían tornado ahora de un vago color gris oscuro. Un poco más arriba vio un racimo de algas marinas que parecían una ristra de trompetas. Con una última patada alcanzó la punta del hoyo.

—¡He vuelto! —gritó Rani—. ¡Lo encontré!

Pero las sirenas ya no estaban ahí.

7

RANI NADÓ HASTA ALCANZAR LA ROCA amarilla. El farol de algas marinas estaba volcado patas arriba. Las luminosas algas marinas color rosa yacían derramadas alrededor.

—¿Oola? —volvió a llamar Rani—. ¿Mara? ¡Encontré el anillo!

No hubo respuesta.

El corazón de Rani golpeaba dentro de su pecho. Sabía bien que la Laguna de las Sirenas ofrecía muchos peligros. Había, para empezar, anguilas eléctricas que electrocutaban toda cosa que osara tocarlas. Estaba, también, el temible pez sable con dientes más largos que sus aletas. Estaban los tiburones-colmillo de Nunca Jamás.

Cierto era que los dichos tiburones por lo general no se metían con nadie pero, cuando se ponían furiosos, podían ser feroces. Y, pensó Rani, debía haber otros peligros más de los que jamás había oído.

De una cosa Rani estaba segura: las sirenas necesitaban su ayuda. "No me habrían dejado así de no haberles ocurrido algo", pensó.

Y entonces escuchó un suave chapoteo que venía de algún lugar por encima de ella. Sin pensarlo dos veces, se dirigió en la dirección del ruido.

Rani nadó tan rápido como pudo, dando patadas fuertes y exigiéndole a sus brazos. "Si sólo fuera sirena", pensó, "¡cuánto más veloz sería!" Una ristra de almejas cerró al unísono sus conchillas al verla pasar. Un pequeño bando de peces tijera jugaban a perseguirse unos a otros por un bosque rojo y naranja de coral. Pero las sirenas no se veían por ningún lado.

Por último, Rani resolvió detenerse y mirar bien a la redonda. No sabía muy bien qué camino tomar.

De pronto, oyó un chapuzón en algún lugar sobre su cabeza: otro chapuzón y un grito. Miró hacia arriba. Una cosa enorme y plateada parecía venírsele encima. Con un rápido movimiento de piernas Rani logró hacerse a un lado. La cosa plateada siguió de largo.

Entonces, acto seguido, un relámpago verde y amarillo pasó también de largo como si fuera una cinta volando al viento. A Rani le tomó un buen momento comprender que el relámpago verde y amarillo era Oola, persiguiendo la cosa plateada.

Un poco más abajo, en aguas ligeramente más profundas, Oola se detuvo.

—¿Oola? —llamó Rani.

—¡Lo tengo! —gritó Oola con alegría y, alzando la mirada, se percató de Rani por primera vez para decirle, apresurada—. ¡Hola, Rani, ahí estás!

Dicho esto, nadó dando limpios y elegantes coletazos hasta donde estaba el hada y le mostró un enorme y al parecer muy pesado espejo de plata.

—Mira lo que nos trajo Peter Pan. Se lo robó a los piratas, ¿no te parece increíble?—agregó Oola, al tiempo que levantó el espejo para mirarse a sí misma allí reflejada.

—Pensé que algo grave les había ocurrido —dijo Rani con el ceño fruncido.

Las cejas de Oola se fruncieron también pero en su caso más bien confundida:

—¿Pero por qué, tontilla? ¿Qué podría ocurrirnos? —dijo Oola.

—Bueno… pues… —empezó a decir Rani, pero se detuvo pensando si era posible que Oola hubiera olvidado que ella, Rani, había descendido por una grieta oscura en busca de su anillo.

—Bueno… pues… —intentó proseguir Rani—, estaba bien abajo en el hoyo de la Estrella de Mar cuando de pronto se fue la luz y…

En ese instante Voona llamó a Oola por su nombre sumergiendo la cabeza en la superficie del agua, su alborotada melena naranja flotando en torno a su cara.

—Ah, ahí estás —dijo Voona acercándose ahora por el agua con un mohín de reproche en los labios—. Típico de tu parte, acaparar el regalo de Peter sólo para ti.

Se escuchó un nuevo chapuzón y luego dos más. Mara se acercó seguida de dos sirenas.

—¿Qué crees que estás haciendo, Oola? —preguntó Mara extendiendo el brazo—. ¡Danos el espejo!

Pero Oola lo retiró, protegiéndolo y le dijo:

—Estoy aquí, hablando con mi pequeña hada.

"¡Mi pequeña hada?" pensó Rani, frunciendo el ceño y entonces se percató de que era objeto de la mirada de todas las otras sirenas. Entonces, aclarando la garganta, sacó el anillo de donde lo tenía colgado en el hombro y lo entregó ofreciéndolo con las dos manos.

—Encontré el anillo —dijo.

—¡Oh, mi anillo! —dijo Oola, arrojó el espejo a un lado y observó el anillo de oro con su resplandeciente piedra púrpura un instante antes de arrebatárselo de las manos a Rani para ponérselo en su delgado dedo índice.

El resto de las sirenas se acercó en torno a Oola y soltaron todo tipo de exclamaciones de admiración y sorpresa. Rani no pudo menos que notar que, al parecer, ya se habían olvidado olímpicamente del espejo. "Tal y como me olvidaron a mí", comprendió.

—Me encanta el púrpura —dijo Mara, pasándose la mano por su largo cabello aguamari-

na para adornarlo con una peineta incrustada de perlas púrpuras.

—¿Será que ahora sí podemos organizar la fiesta? —preguntó Rani dejando ver una tímida pero ansiosa sonrisa; sin embargo, las sirenas no parecieron haberla escuchado.

—Pues, qué te dijera, sí, supongo que el púrpura no está mal —dijo Voona batiendo la cola—. Pero a Oola no le va muy bien.

—¿Eso te parece? —preguntó boquiabierta Oola.

—No hace juego con tu pelo —dijo Voona con displicencia.

—¡Tiene toda la razón! —asintió Mara.

—El púrpura no va para nada bien con un pelo verde y amarillo —señaló una sirena que llevaba un collar coralino que iba la mar de bien con su pelo rojo encendido.

—¡Qué espanto! —exclamó otra sirena de cabello rosado.

El rostro de Oola se puso de un verde subido (eso es lo que ocurre cuando las sirenas se sonrojan) y, sacándose bruscamente el anillo, lo arrojó tan lejos como pudo. El anillo permaneció suspendido en el agua unos segundos antes de empezar a hundirse, abajo muy abajo, hasta por fin aterrizar sobre una piedra púrpura para… de nuevo perderse dentro del hoyo de la Estrella de Mar.

Rani observó la grieta estupefacta. ¡Las sirenas la habían enviado hasta el fondo oscuro de la grieta en busca del anillo y ahora Oola simplemente lo arrojaba allí mismo de vuelta!

—¿Qué se hizo el espejo? —preguntó Voona.

—¡Voy por él! —gritó Mara, disparándose hacia el fondo de la laguna.

—Espera un minuto —dijo Rani —¡Espera!

—¿Qué ocurre? —preguntó Mara haciendo una pausa en su descenso y mirando hacia arriba.

Pero Rani ni supo qué decir. Las sirenas definitivamente no iban a pedirle excusas por haberla enviado al fondo de la grieta, mucho menos por haberla abandonado allá, pero igual quería pensar que todo su esfuerzo no había sido en vano.

—Pues… que… no, resulta que me preguntaba… ¿cuándo vamos a hacer la fiesta? —dijo Rani finalmente.

—Ah, eso —dijo Oola sacudiendo los hombros—. Bueno, supongo que si quieres la hacemos ya.

Mara entornó los ojos al cielo y dijo:

—Mira, yo lo que quiero en este momento es verme en el espejo.

—En fin, me parece que podríamos celebrar la fiii-ssta rápidamente y luego podremos mirarnos en el espejo.

—No, no… ustedes no entienden —empezó a decir Rani sacudiendo la cabeza—. No podemos celebrar la fiesta en este mismo momento. Tenemos que prepararnos para hacerla. Antes tendrán que aprender los pasos del baile y todas tendremos que hacer la comida y pensar en la música. ¡Hay mucho trabajo por hacer!

Las sirenas guardaron silencio. Entonces, de pronto, todas soltaron una carcajada al mismo tiempo. Ululaban y chiflaban y soltaban risotadas y risitas y pitos. Oola se rió hasta las lágrimas aunque, claro, estas no se podían ver debajo del agua.

—¿Qué es lo que les parece tan gracioso? —preguntó Rani.

—¡Ja! —les dijo Voona a las demás sirenas—. El hada quiere saber qué es lo que...

—...encuentran tan gracioso —terminó la frase Rani—. Pues sí, ¿qué es lo que les parece tan gracioso?

Y las sirenas se rieron ahora aún con más ganas. Se reían, a voz en cuello y entre dientes. Aullaban. Se reían y bufaban. Rani frunció el ceño. Cada minuto que pasaba, las sirenas le gustaban menos y menos.

—Mira —dijo por fin Oola—, las sirenas no trabajamos.

—Pero si el trabajo es parte de la diversión —protestó Rani.

Entonces, esta vez sí, al parecer, por fin, las sirenas dejaron de reírse observando a Rani como si estuviera loca. Rani sintió que se le encendían las mejillas.

—Yo me voy por el espejo —dijo Mara, alejándose a nado por el agua.

—¿Te gustaría mirarte en el espejo? —le preguntó Oola con amabilidad a Rani y Rani se preguntó si la sirena estaba sintiendo un poco de lástima por ella, por Rani.

—No seas tonta —espetó Voona —¿Por qué razón podría Rani querer mirarse en el espejo? ¡Su hermosura no le llega ni a los tobillos a la hermosura de una sirena! Además, es demasiado pequeña para alzarlo. Si se lo das, con seguridad lo deja caer y lo rompe.

Rani sintió una oleada de vergüenza propia y ajena. Deseó de todo corazón poder meterse dentro de la conchilla de una almeja y esconderse allí para siempre. No podía hacer nada en el mundo respecto al hecho de no parecerse a una sirena. ¡Era un hada, después de todo! Y por supuesto que no era tan grande como las sirenas ni tan agraciada, sobre todo cuando nadan en el agua. ¿Cómo podía serlo?

Por un instante, Rani tuvo la remota esperanza de que Oola se mostrara en desacuerdo con Voona, pero lo único que Oola dijo fue:

—Tienes razón Voona.

Entretanto, Mara apareció del fondo con el espejo en la mano:

—¡Lo tengo! —exclamó, y diciendo esto se alejó nadando… las demás sirenas fueron tras ella.

Rani quedó sola.

8

RANI SE SENTÓ SOBRE UNA ROCA A PENSAR: "Todo parece indicar que en realidad no cuadro bien en ningún lado". Soltó un desconsolado suspiro mientras observaba un pez cerbatana esconderse veloz detrás de un arbusto de coral. "Pero sea lo que sea, la verdad es que me gusta este mundo submarino. Es muy hermoso".

Una suave luz que se filtraba a través del agua le recordó los rayos de luz que se colaban por entre las hojas de la Casa del Árbol. Dos pececitos rayados y gordos nadaban dando vueltas en torno a una roca. Rani sonrió: se parecían mucho a las ardillas listadas de la Hondonada de las Hadas. Una lenta tortuga de color café pasó de largo, tan resuelta como un topo camino a la construcción de uno de sus embalses en el arroyo de Havendish.

Prosiguió pues Rani su propio camino descubriendo muchas otras cosas que se parecían a las de la Hondonada de las Hadas a medida que nadaba. Corales que parecían ramas, un pez volador que parecía un gorrión y anémonas que parecían matorrales.

Rani se acercó al par de peces gordos a rayas.

Los dos peces se detuvieron boquiabiertos observándola con sus enormes ojos redondos. Permanecieron perfectamente estáticos, incapaces de saber si Rani representaba algún peligro o no.

—Hola —saludó Rani.

Y los pececitos huyeron veloces, bastó un segundo para que Rani ya no los viera más: una nube de burbujas era todo lo que quedaba allí donde los pececitos habían estado.

—Supongo que son muy tímidos —se dijo Rani, y entonces braceó para acercarse a la tortuga.

Cierto, Rani no era un hada con talento para los animales, pero igual sí sabía que los castores de Havendish eran muy amigables, de manera que le gritó:

—¡Excúseme!

Y se dispuso a darle alcance a la tortuga. La tortuga la observó con el rabillo del ojo pero ni se detuvo ni disminuyó su marcha.

Rani hizo un nuevo intento:

—Perdone, ¿puedo nadar con usted?

La tortuga se impulsó agitando sus aletas traseras y le sacó enorme ventaja, tanta, que parecía imposible darle alcance.

—¡Vaya, vaya! —exclamó Rani—. Definitivamente las criaturas por aquí no son las más amables.

Entonces, justo en ese momento, Rani vio una parcela de algas marinas de un azul encendido meciéndose de aquí para allá.

"¿Será que las algas están en medio de un torbellino acuático?", se preguntó Rani. "¿O será que se trata de una rara planta submarina que puede moverse sola?"

Nadó en esa dirección para cerciorarse. Observó un rato las algas y luego extendió la mano para tocarlas y, en el momento en el que lo hizo, se asomó una larga trompa que la golpeó como para que retirara la mano.

Rani se echó para atrás y las hojas del matorral de algas se abrieron para revelar un dorado caballito de mar retorciéndose entre las algas. Al ver a Rani, los ojos se le desorbitaron, permaneció quieto un instante y luego empezó a sacudirse de aquí para allí alzando la cabeza y batiendo la cola.

Rani se le acercó un poco y el caballito se agitó de nuevo. Era obvio que Rani lo asustaba. "¿Pero entonces por qué no se va?", pensó Rani.

—¿Qué ocurre, caballito de mar? —preguntó Rani en un tono de voz que le había oído usar a las hadas con el don de los animales cuando le hablaban a un animal azorado, y agregó con dulzura—: A ver, déjame ver qué es lo que pasa.

Rani también estaba nerviosilla, hay que decirlo. De haber estado en la Hondonada de las Hadas, hubiera corrido en busca de alguna de las hadas con talento para los animales. "Sin embargo", pensó Rani, "yo soy un hada con el don del agua y este caballito de mar es un animal del agua. Quizá pueda ayudarlo."

Armándose de valor extendió su brazo y tocó con delicadeza la áspera piel del caballito esperando que éste corcoveara, pero el caballito no

lo hizo: se quedó, de nuevo, perfectamente quieto. Rani lo observó con más detenimiento y vio que su cola estaba atrapada en un nylon de pesca. El sedal se había enredado entre las algas y el caballito de mar no podía escapar.

—¡Oh, no, pobrecito! —exclamó Rani—. ¡Estás todo enredado! No te preocupes, te ayudaré.

El caballito de mar observó nerviosamente a Rani mientras ella lidiaba con los tercos nudos ciegos, con sus deditos pequeños. En un momento dado, tiró muy fuerte, y el caballito corcoveó.

Rani lo acarició para tranquilizarlo.

—Tranquilo, tranquilo, te estoy ayudando —le dijo Rani en voz muy baja—. Ya casi terminamos.

El caballito se serenó y Rani continuó luchando con los nudos.

Por encima, por debajo y por el medio de la lazada. Una y otra vez. Un pequeño nudo aquí que conducía a otro más grande allá y luego tres pequeños nudos más para terminar, hasta que por

fin pudo Rani soltar del todo el sedal y el caballito de mar quedó libre.

—¡Lo logré! ¡Lo logré! —exclamó Rani—. ¡Lo logré!

Pero no duró mucho tiempo la celebración de Rani: una vez el caballito se vio a sus anchas, salió despavorido… sin siquiera volver la mirada atrás.

Rani estalló en llanto. No tenía remedio. Después de tanto trabajo, ni siquiera el caballito de mar la quería.

9

Rani lloró y lloró y empezó a moquear y, para rematar, le dio un ataque de hipo, cosa muy incómoda debajo de agua, por decir lo menos, de manera que empezó a llorar pero esta vez con más fuerza. Todo parecía indicar que, sin importar cuánto esfuerzo hiciera, la gente no la necesitaba.

Y entonces, en ese instante, sintió un golpecito delicado en la mano: al levantar los ojos vio que era el caballito de mar, que traía algo en la trompa.

—¡Oh, hola! —lo saludó Rani, titubeando.

Inclinando la cabeza, el caballito arrojó el objeto que traía a los pies de Rani. Era una enorme perla de oro. El caballito levantó la cabeza y acercó un poco más la perla empujándola con su larga trompa y volvió a mirar a Rani.

—¿Un regalo? —preguntó Rani—. ¿Para mí?

El caballito giró nadando con rapidez exaltada en torno a Rani y volvió a empujar la perla de manera que esta quedó aún más cerca de los pies del hada. Rani se inclinó y la recogió. Era una perla grande, casi del tamaño de una bellota. Al alzarla vio que brillaba con una tenue luz dorada y natural y comprendió de inmediato que no era una perla cualquiera. Era mágica.

—Es hermosa —susurró Rani y, dirigiéndose al caballito de mar, agregó—: Gracias.

El caballito topeteó con la cabeza la mano de Rani y se dio vuelta mostrándole la espalda pero sin dejar de mirar a Rani por encima del hombro.

—¿Quieres… quieres que me monte en tu lomo? —preguntó Rani, primero señalándose con el dedo y luego con la misma extremidad señalando al caballito.

El caballito dio otra vuelta y se acercó a Rani que a su vez interpretó el giro como un sí.

—Bueno —dijo Rani soltando una risita—, si he montado en el lomo de un palomo, supongo que podré hacerlo en el de un caballito de mar.

Acunando bien la perla en su brazo izquierdo (tan grande era la joya), Rani se montó con sumo cuidado en la espalda del caballito. Luego se abrazó al cuello del caballito y este, cuando sintió que Rani ya estaba bien sentada, emprendió camino.

Nadaba rápido, el caballito, dirigiéndose a la parte más profunda de la laguna. Rani se aferró a la nuca. Recordó sus muchos vuelos con el Hermano Palomo y sintió una especie de remordimiento. Extrañaba al Hermano Palomo. Extrañaba el viento en la cara.

La verdad era que extrañaba la Hondonada de las Hadas.

Pronto entraron a un jardín submarino. Un pequeño banco de peces azules y luminosos atravesó una anémona de color naranja. Un pez amarillo con lunares púrpura pasó raudo sobre unos racimos de algas marinas. Dondequiera que Rani mirara, se encontraba con un arco iris de colores brillantes: púrpuras y azules, verdes y rojos, lunares, rayas y diseños que nunca antes había visto.

—Es hermoso —susurró Rani.

Y el caballito de mar pareció entender lo que Rani dijo porque, en ese momento, giró feliz en redondo y luego entró de frente al jardín.

Cruzaron el jardín submarino en pocos minutos, y el caballito ahora se dirigía a una silueta enorme que se atisbaba en la distancia. Al comienzo, Rani no supo muy bien de qué se trataba. Parecía una montaña.

Pero una vez estuvieron más cerca, Rani quedó boquiabierta: ¡ahora pudo ver qué era en realidad la montaña!

—¡Un barco hundido! —exclamó Rani.

Observó con atención aquella enorme embarcación hecha por los Torpes mientras ella y el caballito la atravesaban a nado. Era mucho más grande de lo que jamás hubiera podido imaginar… incluso más grande que el palacio de las sirenas.

El caballito ascendió hasta alcanzar un muro de piedra que tenía una pequeña entrada en la base.

—¿Una cueva? —preguntó Rani.

Por toda respuesta, el caballito simplemente se inclinó para meterse por la entrada que conducía a un largo túnel. A pesar de que dentro del túnel todo estaba muy oscuro, Rani no sintió temor como sí lo tuvo cuando se encontró en el fondo del hoyo de la Estrella de Mar. Bueno, después de todo, esta vez no estaba sola, y empezaba a comprender que el caballito quería mostrarle algo.

Del fondo del túnel provenía un tenue resplandor y, a medida que el túnel se iluminaba más y más, Rani vio que las paredes a su vez resplandecían.

De pronto, súbitamente, el túnel dio paso a una enorme caverna. Tan grande que toda la Hondonada de las Hadas hubiera fácilmente cabido allí. Lo que parecían dedos de rocas largas y relucientes colgaban del techo de la cueva.

—¡Oh-la-la! —exclamó Rani al ver lo que veía.

Por dondequiera que mirara, unas perlas relucientes y doradas, como la que ahora reposaba en su antebrazo, guarnecían las paredes de la cueva y llegaban hasta el techo.

—Soy la única hada que haya jamás visto esto —se dijo Rani.

Rani y el caballito de mar nadaron por ahí admirando las hermosas perlas hasta que, por último, el caballito giró para observar a Rani a sus espaldas.

—No quisiera irme nunca —dijo Rani ahora que regresaban al túnel—. ¡Qué sitio más hermoso!

Rani pensó que el caballito la llevaría de vuelta al palacio de las sirenas o quizá hasta el lote de algas donde ella lo había encontrado. Pero lo que el caballito hizo fue dirigirse al bosque de coral.

—¿Por qué vamos hacia allá? —se preguntó Rani en voz alta.

El caballito prosiguió su camino y, muy pronto, se detuvo en un manojo grande de algas marinas. Casi en el acto, las algas se abrieron como cortinas y de allí surgieron cinco caballitos de mar seguidos de uno más grande al fondo. Los caballitos pequeños empezaron a perseguirse jugueteado en torno a Rani y su caballito.

—¿Son parientes tuyos? ¿Tu familia? —preguntó Rani al tiempo que uno de los pequeños caballitos le mordisqueaba el pelo para luego alejarse a toda velocidad—. ¡Son adorables!

Rani se deslizó de las espaldas del caballito que la transportaba y le sonrió a la familia de caballitos de mar. Parecían tan felices juntos. Y entonces la atravesó una punzada de remordimiento al comprender lo mucho que extrañaba a su propia familia: las hadas.

—¡Cuánto me gustaría volver! —dijo Rani—. ¡Cuánto me gustaría no ser una inútil!

El caballito le dio un ligero empujón en la mano.

—Gracias por mostrarme la laguna —le dijo Rani, dándole un beso en la trompa y despidiéndose agitando la mano, mientras se alejaba nadando.

Uno de los caballitos la siguió un rato pero luego se cansó y volvió con su familia.

Rani se dejó llevar por la corriente. No sabía muy bien qué debía o quería hacer. No quería volver donde las sirenas, de eso estaba segura. Y sentía que no podía volver a la Casa del Árbol. Suspiró.

Entonces, en ese momento, vio algo que flotaba en la superficie de la laguna y que empezaba a hundirse. Era un objeto plateado y por un instante Rani pensó que podía tratarse del espejo de Peter Pan. Pero una vez estuvo cerca, Rani supo en el acto de qué se trataba: un mensaje-burbuja, como el que ella misma le había enviado a Campanita.

Un pequeño pez de aquellos rayados y gordos se acercó hasta el mensaje y pinchó la burbuja con la nariz, pero Rani sabía que la burbuja no se reventaría sino ante la persona a quien el mensaje había sido enviado. Rani tocó la burbuja e inmediatamente la voz de Campanita salió como un borbotón.

—¡Ay, Rani, dondequiera que estés, por favor vuelve! —y luego imploraba—: El Hermano Palomo ha movido cielo y tierra buscándote. Nada por aquí parece bien sin tu presencia. Te necesitamos. Por favor vuelve. Te lo ruego.

Campanita debió necesitar de la ayuda de otra hada con el don del agua para construir el mensaje-burbuja.

"¡Me debe extrañar muchísimo!", pensó Rani. "¡Y pobre el Hermano Palomo! ¡Me lo imagino buscándome por todos lados!". Rani se sintió muy mal de haber infligido tanta desdicha entre sus mejores amigos.

El pececito gordo y rayado pasó de largo frente a Rani.

—Me alegra haber venido a la Laguna de las Sirenas —dijo Rani en voz alta—. Pero me temo que es hora de volver a casa.

10

—¡RANI! —EXCLAMÓ FIRA AL TIEMPO que ya volaba en dirección a su amiga para envolverla en un enorme abrazo—. ¡Estás…

—…de vuelta! Lo sé. ¿No te parece maravilloso? —preguntó Rani jubilosa.

Observó luego alrededor del Círculo Encantado donde las hadas ya se preparaban para una celebración. "¡Y será en mi honor!" pensó Rani que no se lo podía creer. Las hadas estaban tan contentas de su regreso, que la Reina Clarion había declarado día festivo. Hadas con todos los talentos estaban en acción.

Había incluso una fuente de agua. Todo el gremio de hadas con el don del agua trabajó en su elaboración, incluso Rani. Seis grandes arañas tejieron un velo grueso en torno a la fuente para que las hadas del agua pudieran trabajar en secreto. Corría el rumor por toda la Hondonada de las Hadas que la fuente para la fiesta de Rani sería superespecial.

"Jamás imaginé que les importara tanto", pensó Rani mientras acariciaba las plumitas suaves de la nuca del Hermano Palomo, quien a duras penas se había alejado de su lado desde que Rani regresó.

—Rani ha vuelto y parece que vivió una aventura —dijo Campanita.

—Lo sé… nadie en la Casa del Árbol deja de hablar del asunto —dijo Fira—. No ven la hora de que empiece la fiesta de esta noche para oír de la misma Rani el cuento de las sirenas y de su viaje por el arroyo Havendish. Dime, ¿es cierto que te enfrentaste a…?

—… una serpiente acuática? —terminó Rani la pregunta muy sonriente—. En efecto, sí.

Fira, abriendo los ojos y sacudiendo la cabeza, dijo:

—¡Vaya, vaya! Siempre supe que eras valiente, pero...

—Bueno, te cuento que me llevé mi buen susto —admitió Rani.

—¿Qué tú te llevaste un susto? —exclamó Campanita—. ¡Imagina el que nos llevamos nosotras al no encontrarte!

—No hubiera querido preocuparlas. De haber podido, hubiera volado de vuelta —dijo Rani con ceño fruncido.

Campanita la tomó de la mano y le dijo:

—Lo importante es que estoy feliz de que hayas vuelto a casa.

—Me temo que ningún hada nunca ha visto todo lo que tú viste, Rani —dijo Fira.

Y era cierto... si bien algunas de sus aventuras no habían sido lo que se puede decir divertidas, por ejemplo el incidente con la serpiente, el viaje a la profunda grieta de la Estrella de Mar y las sirenas, quienes a duras penas la notaron cuando quiso despedirse de ellas... otros momentos, como el encuentro con el caballito de mar, sí habían sido hermosos.

—Rani es muy especial —dijo Campanita—. No hay ninguna otra hada como ella.

Justo en ese instante, Vidia se acercó volando.

—Oh, Rani, mi cariño. Qué alegría que hayas vuelto —dijo Vidia con una sonrisita apretada—. Corazón, no sabes lo muy preocupadas que todas y todos estuvimos por...

—... mí? —se le adelantó Rani—. No me digas que *tú* te preocupaste, Vidia.

Las comisuras de los labios de Vidia temblaron hasta configurar una media sonrisa.

—Mi querida niña, veo que celebraremos una pequeña fiesta en tu honor —dijo Vidia haciéndole ojitos con sus largas pestañas negras a Rani—. ¿Vas a 'ayudar' otra vez con la fuente?

La cara de Campanita se encendió de ira pero fue Rani la que habló:

—Pues te cuento, Vidia, que sí, en efecto *ayudé* con la fuente. ¿Quieres echarle una mirada?

Sin más palabras, Rani saltó sobre el lomo del Hermano Palomo y hundió sus manos entre

sus plumas para aferrarse bien al tiempo que re-
montaban vuelo. Un instante después ya surca-
ban los aires y el viento fresco acariciaba su rostro.

—¡Vengan todos, rápido! —exclamó Campanita—. ¡Rani va a descubrir la fuente!

El Hermano Palomo dio una vuelta sobre el
Círculo Encantado al tiempo que las hadas co-
rrían en tropel desde todas las direcciones camino al claro. Incluso la Reina Clarion vino volando desde la Casa del Árbol. Todo el mundo quería
ver la fuente.

Rani dejó que el Hermano Palomo diera dos
vueltas más antes de darle la señal y entonces,
con súbita caída, el ave descendió en picada hacia las hebras de telaraña que sostenían el velo.
Rani sacó una pequeña espina de rosa de un bol-
sillo en su cintura y con la espina, mientras el
Hermano Palomo cruzaba de largo, fue cortando
una tras otra las hebras.

Cortó pues Rani la última hebra y el velo
revoloteó suavemente hasta caer del todo al
suelo.

Las hadas quedaron mudas y boquiabiertas por un instante y luego, sin compás de espera, hubo una explosión de aplausos.

Una resplandeciente luz dorada iluminaba por dentro la fuente. El agua parecía centellear con polvo de oro al rodar por los costados. Era hermosa.

Rani y el Hermano Palomo habían pasado la mayor parte de la mañana volando de aquí para

allá entre la Laguna de las Sirenas y la Hondonada de las Hadas. Con la ayuda de su caballito de mar amigo, Rani pudo recoger seis de las mágicas perlas de oro de Nunca Jamás en la cueva al fondo de la laguna y las trajeron para usarlas en la fuente. Las perlas resplandecían en agua dulce tan bien como lo hacían en las salitrosas aguas de la laguna.

Rani podía ver, abajo, cómo el aplauso de las hadas no parecía detenerse.

Campanita se llevó dos dedos a la boca y soltó un poderoso chiflido. De las manos de Fira salían chispas cuando aplaudía. Rani se sonrojó pero no pudo evitar también reírse. Sólo una de las hadas no aplaudía: Vidia estaba literalmente verde de la envidia.

Con un último aleteo, el Hermano Palomo aterrizó al lado de Campanita. Las hadas inmediatamente rodearon a Rani. Terence le dio una palmadota cariñosa en la espalda. Campanita la abrazó con fuerza. Las hadas con el don de la luz la acosaron con preguntas. Todo el mundo sonreía y felicitaba a Rani.

Una vez el alboroto mermó un poco, Vidia pudo recuperar su sonrisa.

—Y bien, Rani, veo que pudiste hacer lo que las hadas con el don de la luz jamás han logrado hacer —dijo Vidia dirigiéndole una mirada de soslayo a Fira—. ¿Cómo hiciste para…

—…iluminar la fuente? —se apresuró Rani—, pues, Vidia, es bastante fácil si sabes cómo —agregó, haciéndole un guiño a Campanita, quien le devolvió el gesto—. Quizá no pueda poner el chorro de arriba —siguió diciendo Rani—, pero, después de todo, parece que algún talento me queda.

—No estoy tan segura de eso último que dijiste —replicó Vidia, alzando al aire su prepotente nariz respingada antes de remontar el vuelo.

—Francamente es una pesada —dijo Fira viendo a Vidia alejarse.

—No se preocupen por ella —dijo Campanita, despidiéndola con la mano—: tenemos una fiesta por delante.

—Correcto —dijo Rani sonriendo y pensando en lo feliz que era de vuelta en la Hondonada de las Hadas, donde en verdad pertenecía.

—Además, Rani, hemos descubierto otro de tus talentos —dijo Campanita—. Y muy útil, por lo demás.

—¿Y cuál sería ese talento? —preguntó Rani, muy satisfecha de que en efecto lo tuviera.

—¡Que iluminas toda la Hondonada de las Hadas! —exclamó sonriendo Campanita.

—Con las perlas mágicas —dijo Rani.

—No —replicó Campanita sacudiendo negativamente la cabeza—. La iluminas tú solita.

FIN